あの日、確かに声を聞いた

KUMAGAI Yuji
熊谷雄二

文芸社

目次

序章　二〇二三年三月　神田

年度末を控えた木曜日の夕方、私は神田駅から目的の店へ向かって歩いていた。前日の侍ジャパンがなしとげたＷＢＣ優勝の喧騒は既になかった。少し雨が降っていた。

早いもので前回この街に来てから七年半もの時間が過ぎていた。街の景色は相変わらずだが、多くの道行く人、特にビジネスマン達で当時からいる人はこの内の何割くらいなのだろうか、とふと思った。

会社を早期退職してから七年が経とうとしていた。会社員時代の仲間から時折食事の誘いもあったが、決まって問われる「退職後何をしているか」、「仕事もせずにどうやって暮らしているのか」などに答えるのも少々煩わしく、ここ数年はごく少数の気の合う相手だけを選んで会っていた。

しかし、今回はとても楽しみであった。長年の友人である大泉との約束がコロナ禍によって何回か流れていたこと、会社の後輩である松方が近く定年を迎えるため、今後の相談も含めいろいろと話をしようという誘いが数ヶ月前からあったのだ。

私が東京へ行く日程に二人が予定を合わせてくれるというので、コロナ禍が少し落ち着いてきた三月二十三日に神田の鳥料理屋で会うことになった。

店には予約時間の十分前、十七時五十分に着いた。広い店であった。四名程度の個室も多くあり、じっくり話をするのには都合が良さそうだった。本社が神田に移転する前は、京橋、日本橋界隈の店によく行っていたが、席の間隔は狭く、テーブルも小さいところが多かった。それに比べ神田には割とゆったりした店が多く、一駅でこれだけ違うのかと改めて思った。

三分くらい後に大泉が来て、しばらくして松方が来た。二人とも相変わらず時間に正確であった。私は松方の姿を見て「初めまして」と半ば無意味なボケを入れたが、松方も「こちらこそ初めまして」とボケ返しで応えてくれた。長い空白の時間が一気に吹き飛んだ気がした。無意味なボケもその場を和ませる効果は十分あった。

大泉とはちょくちょく連絡を取り合っていたが、直接会うのは四年半ぶり。松方にいたっては八年ぶりくらいだろうか。いや、それ以上かもしれない。

「倉《くら》さん、あまり変わってないですね。お元気でしたか?」と松方。

「倉貝《くらがい》さん、コロナで約束が延び延びでしたが、ようやくまた会えました。感謝です」

大泉が言った言葉に、さすがに悪い気はしなかった。


二人ともに三十年以上の長い付き合いである。また、大泉と松方も大の仲良しである。大泉は取引先の専務で四つ年下。若い頃、材料を一緒に開発した時から非常に親密になり、私が退職した後も頻繁に連絡をくれていた。退職後はどうしても人付き合いが減るなかでとても嬉しいことであった。

松方は私より二つ年下。学校は違うが同じ関西地区の大学出身者ということで以前から親しくしていた。知り合ったばかりで、まだお互いのことをよく知らない時でも、いつも「どうもどうも倉さん」と寄ってくるような調子のいいやつだが、年下の彼に「倉さん」と親しく呼ばれることに違和感を憶えることは不思議と一度もなかった。

今回の主題である松方の今後は、定年後再雇用で会社に残り、関西地区事業所勤務を目指して活動しているということであった。家族を関西に残しているので順当な判断と言える。私としては、彼が早く会社から卒業し、自由な道を選ぶのも良いと思っていたが、それは他人の勝手な意見であると思い、言うのを控えた。

その後の話は、以前の仲間達が今どの部署でどんな仕事をしているか、誰それが同窓の社長に引き上げられ、ここ数年で異例の昇進をした等、聞いていて多少興味もあったが、正直言うと、今の私にはもう関係ないことだ、と醒めて聞いている自分がいた。

しばらくして、コロナ禍での過ごし方や最近になって少し遠方に出かける機会が増えたことをお互い話した。そして大泉が最近訪ねたという備中高松城のことを話し始めた。

「僕は結構最近まで、秀吉は香川の高松から光秀討伐のために急ぎ戻ったとばかり思っていた。何故あんなに早く戻ることができたのかずっと不思議だったが、そこが岡山とわかり少し納得した」

私は自分が知識不足だったことを二人に話した。二人も最初は備中高松城が岡山にあったとは知らなかったとのこと。私と同様、「高松」という語から香川県の高松だと思っていた時があったと言う。それを聞いて私は少し安心した。

「そう、岡山だったんだよな。岡山ならそれほど時間がかからないかもしれないよな……」

その話がスイッチになったのか、私は昨年の岡山をめぐる出来事を彼らに話していいな、いやむしろ話したい、という衝動にかられた。その出来事については自分の感情に封をしていた面もあったが、その時は不思議と他の人に聞いてもらいたいと強く感じた。

「去年の春に岡山で体験したことを話してもいい？　少し長くなるかもしれないけれど」

二人は軽くうなずいた。

それは本当に自分でも消化しがたい体験であった。このようなことが自分に起こるとは想像していなかった。私は長く答えを見出すことができなかった一連の出来事を二人に話し始めた。

第一章　二〇二二年五月　岡山

二〇二二年五月半ばを過ぎたある日、静岡県浜松市の自宅で漫然とプロ野球放送を見ていた私に、突然その声が降り注いだ。そう突然に。それは脳の上部右方向から聞こえた気がした。

「岡山に行ってこい」

その声は確かに言った。その意味することを想像できたが、その時は、声は気のせいだと思い特段の行動はとらなかった。

すると翌日、また同じ場所から「はよ岡山に行ってこい」と声がした。直感的にこの声を無視してはいけないと悟った。

行くべきは田辺一夫のところ。彼はまだ岡山にいるに違いない。今迄は田辺のことに向き合う勇気がなかったが、今回は何がなんでも行かなくてはいけない。そう決めた。

田辺とは大学のスポーツサークルで出会った。彼は一浪しており、現役で入学した私より年齢は一つ上だった。顔は凛々しく、どちらかと言うと口数が多い方ではなかった。運動能力が高く、多くの面で彼にはとてもかなわないと一回生の時から感じていた。ただ、そんな彼でも不思議と女性に人気があったという記憶はない。同級生に滋賀のZ高校、鹿児島のK高校など名門校出身者が多くいるなかで、田辺は岡山の田舎の普通の公立高校出身。私は愛知県の優秀とはいえない公立校出身であり、運よく大学に合格できたと思っていた。そんな二人はなんとなく気が合っていた。

何度か二人だけで阪急十三《じゅうそう》駅近くの安い焼き鳥屋に行ったこともあった。しかし、特別親しいという間柄でもなかった。

彼に助けられたのは四回生の春。私はサークルの後輩男子とトラブルを起こしてしまった。原因は明らかに私にあり今でも反省している。サークルの主将になっていた田辺はすぐに動いた。普段は人のもめごとの仲裁など面倒くさいことは決してしそうにない田辺であったが、その時は違った。迅速で適切な対応によって、後輩と私との和解も進み、大きな問題にはならなかった。私自身では問題解決はできなかっただろうと今でも思っている。

それ以来、田辺との距離が少しだが近くなった気がした。私はこの件のことで田辺に感謝し、いつか恩返ししたいと思っていた。

しかし、運命は残酷だった。その年の十月、田辺が交通事故にあったという連絡がきた。誰から連絡をうけたのか憶えていない。すぐに阪神西宮駅近くの病院に向かった。家族と何人かの友人が既に来ていた。病室に入ることができ、田辺の顔を見たが、少しの擦り傷以外は目立った外傷はなかった。

仲間とともにほぼ毎日病院に顔を出した。時折意識があるようであったが、動かせるのは両手の指先数センチだけ。運動能力の高い田辺の印象が強かっただけに、その姿は衝撃的だった。

その後、容態は大きくは変わらなかった。しばらくすると田辺は家族とともに故郷の岡山県M町に帰っていった。

大学卒業後、私は建設会社に就職した。働き始めてからも田辺のことは気がかりであったが、入社後程なくして関東地区への配属を命じられ、物理的な距離の遠さが影響したのか、仕事の忙しさのせいか、次第に田辺のことを思わなくなっている自分がいた。

その後も岡山に行こうと思えば時間はいくらでもあったのに、実行に移せない中、年月ばかりが過ぎていった。

働き始めて五年くらい経った頃、愛知県の実家に一通の年賀状が届いた。田辺からだった。その頃の私は、結婚し、子供も生まれ、関東拠点の会社に転職し、日々の生活に追われていた。田辺のことを思うことはほとんどなくなっていた。

年賀状には「大分回復し、ワープロが打てるようになりました」と書かれていた。指先が数センチしか動かない状態の印象が強い私にとっては、「大分回復したんだな」ということと、「ワープロが……ということは、やはり自由に動き回ることはできないんだな」との思いが浮かび、正直複雑な気持ちであった。ただ、私のところに年賀状をくれたことは、何より嬉しかった。

その後、年賀状のやり取りのみだが、交流は二十年以上続いた。その間も岡山に行く機会はいくらでもあった。二〇〇〇年頃の営業部門在籍時には、M町近くのS市の会社を担当したことがあり、実際二度S市に行ったのだが、田辺のところに顔を出すことはなかった。体の不自由な田辺と正面から向き合う、その勇気が私にはなかった。

時が流れ、東日本大震災から一年経過した頃、私に東京本社から浜松市内の工場へ異動の辞令が出た。千葉県内に住宅を所有していたがそこは人に貸し、妻とともに引っ越すことになった。当時は〝断捨離〟が強く叫ばれていた頃であり、「会う予定のない古い知人友人との年賀状は無意味、リセットしよう」などと言われていた。私はあまり深く考えることもせずに、田辺への年賀状をやめてしまった。

今思ってみると何と愚かなことをしたかと後悔している。私から見れば田辺は、

one of them だったが、田辺にとっては年賀状をくれる学生時代の友人はもしかすると only one だったかもしれないのである。当時の私は何故か田辺の気持ちに思いを馳せることをしなかった。

田辺は私の新しい住所を知るすべもなく、二〇一三年から年賀状のやり取りは自然になくなった。

田辺とのやりとりがなくなり、気持ちの距離が遠くなりつつある時、衝撃的なニュースが飛び込んできた。

二〇一八年七月、西日本豪雨が発生し多くの犠牲者が出た。岡山県M町（その時には合併でK市になっていた）でも多くの被害が発生していた。二階に避難できずに亡くなった方もいたというニュースを聞き、田辺は大丈夫だろうかと私の心はざわついた。何とかして田辺のところに連絡をとりたいと思った。私は妻に聞いた。

「古い年賀状はどこにしまってある？」

「二〇一四年からならあるけど、その前のは少し前にまとめて処分した。どうかした？」

田辺から来ていた最後の年賀状は捨てられたばかりだった。それならとパソコンのデータを見てみたが、上書きされており見つからなかった。また、古いパソコンはないかと妻に聞いたが、それも退職時の引っ越しの際に処分をしていた。

岡山県M町という情報だけで田辺の住所など連絡先を調べるのは難しいと思い、大学時代の友人に聞いてみようかと考えたが、何故か実行には移せなかった。突きつけられる現実に対面する勇気がこの時もなかった。

豪雨災害から四年近い月日が流れた二〇二二年五月、突然、例の声が聞こえた。行動しないといけないと即座に思った。そしてその場にいた妻に言った。

「近いうち、岡山に行くことになった」

「わかりました。関西じゃなくて岡山とはめずらしいわね」妻は答えた。

妻からすれば「何故岡山？」と思ったかもしれないが、理由は聞いてこなかった。

その時はまだ田辺の住所も何もわからない中、何故「行くことになった、なった」と断言できたのだろう。私とは別の個体の意識がそう言わせたのかもしれない。

早速その日から田辺の住所探しを開始した。二、三日探してもわからなかったら今回は大学時代の仲間に聞こうと決めていた。しかし、卒業後四十年近く経ち疎遠になっている者がほとんどである。まずは極力自力で探してみようと思った。

個人情報の取扱いが近年厳しくなってきていることもあり、町名、氏名だけでは探すのは難しいと思っていたが、思いがけなくネット上に個人が作成したと思われる「二〇一七年版M町住所録」なるものがあった。そこには、「田辺一夫」の名前があり、憶えのある住所、電話番号が記載されていた。その場ですぐに電話をしても良かったのだが、何故かここでも電話するのはためらわれた。田辺が生きているという確証がなく、私には電話をかける勇気がなかった。

田辺の住所がわかったことで、岡山行きの計画がどんどん進んだ。新幹線で岡山まで行き、そこから伯備線に乗り、清音駅で井原鉄道に乗り換え数駅。最寄り駅から徒歩十分くらいで行けそうであった。井原鉄道は一時間に一本あるかどうかという運転状況であったので、接続をよく確認し日程を考えた。

田辺が家にいれば良いが、所在がわからない時、一日では探しきれないかもしれないと考え、五月三十一日～六月一日の二日間で岡山に行くことを決めた。宿はK駅前のビジネスホテルを予約した。


不安と希望がない交ぜになったような数日を過ごし、出発の五月三十一日を迎えた。

朝の九時少し前に家を出て、浜松駅発九時三十三分の新幹線「ひかり号」に乗った。通常であればかなり混雑しているひかり号自由席であるが、コロナ禍の影響か乗客は疎らであった。車輌には五、六人しかいなかった。

新幹線に乗車後、何とも言えない不安感に襲われた。自分は何をしているのだろう？　正しいことをしているのだろうか？　この行動に何か意味はあるのだろうか？　正解のない問答を続けながらも、着々と新幹線は目的地に近づいていく……。

新大阪駅に十一時前に着き、そこから鹿児島行き「みずほ」に乗り換えた。以前「みずほ」を何回か利用したことがあるが、その時と違い、ここでも乗客はほとんどいなかった。コロナ禍の中、何回か関東、関西に出かけてはいたが、いずれの時も似たような状況であった。運輸・旅行業界への影響はかなり大きく深刻なものであると改めて実感した。

岡山駅には十二時前に着いた。家を出てから約三時間であった。そんな短時間でできることも何故今迄しようとしなかったのかと少々自分に腹がたった。

岡山駅構内で軽く昼食を済ませ、伯備線、井原鉄道と乗り継ぎ、田辺の家の最寄り駅に着いたのは十三時二十分頃であった。少ない乗降客数に対して立派な駅舎・待合室があったのがとても印象深かった。

駅からの十分程度の徒歩はとても快適であった。初夏を感じる日差しの中、癒しを与えてくれる田園風景が続いた。

近くの公会堂を目標に進んだ。そこから田辺の家はすぐ見つかった。

ネット上の地図画像で確認した通りこぢんまりとした平屋建てであった。表札には「田辺一夫」と書かれている。それを見た瞬間、やっとたどり着いたという気がした。

胸の鼓動を感じつつ、インターホンを押した。返事はない。家の周りには生活感がなかった。もう一度押してみたがやはり返事はない。

田辺の家と隣接して大きな住宅があることは画像上で確認していた。田辺と関係のある家かと思い表札を見てみると、田辺一夫の名前が三番目に記されていた。すぐにこの大きな家が田辺の実家なのだとわかった。私は期待をこめてインターホンを押した。

「どうぞ」

家の中から男性の声で返事があった。

かなりお年を召されていたが、きちんとした身なりの細身の男性が出てこられた。

ひと目で田辺のお父さんだとわかった。突然の見知らぬ訪問者に少し戸惑っているようにも見えた。

「突然お邪魔して申し訳ありません。私は、一夫君の大学時代の友人で倉貝といいます」

「……よく来てくださった。どちらから来られましたか」

お父さんの態度、物言いなど、すべて静かで落ち着いておられた。

「静岡県の浜松市からです」

「それはまた、えらい遠いところから来てくださった。ありがとうございます」

今の田辺のことを知りたいと思い、私は聞いた。

「あの……一夫君は今、どうしていらっしゃいますか」

「一夫は、二年前に脳梗塞で倒れて……」

その瞬間、ああ間に合わなかったと思ったが、

「ですから今ここにはおりません。市内のT病院に入院しております。今では話はほんの少しできますが、他はほとんど何も……」

お父さんは涙交じりの声で話された。私も嗚咽をこらえることができなかった。

その一方で、田辺と病院で会うことができるだろうと少し安堵を憶えた。

お父さんとは、田辺の学生時代のこと、西日本豪雨のことなどを話した。

西日本豪雨の際は、家のすぐ近くまで水が押し寄せたということだった。お父さんは九十六歳とのことだが、その話しぶりなど、とてもそのご高齢さを感じさせなかった。

また、お父さんから、共通の友人で岡山出身の青柳の近況を聞かれた。私は、青柳が不動産会社の社長をしていることを伝えた。

私が持参した学生時代の写真を数枚お渡ししたが、お父さんはそれをしみじみながめ「こういう良い時代もあったんだな」と寂しくもらしていた。

T病院のパンフレットをもらい、早速訪問することにした。念のため、私の携帯電話番号をお父さんにお知らせした。

お父さんにお礼を言い、田辺の実家を後にした。時間的には三十分程度と短いものであったが、とても密度の濃い、印象深い時間であった。

T病院に向かうため、井原鉄道の駅に向かった。井原鉄道、ＪＲと乗り継ぎ新K駅まで行き、そこからはタクシーを使うのが便利と教えてもらっていた。井原鉄道の駅で数分列車を待つ間、病院に面会申し込みの電話をした。コロナ禍のため、オンライン面会のみ、三十分間という条件であった。本来は近親者以外は面会は難しいという感触であったが、当方浜松から来て三十九年ぶりに会おうと思っているという事情を話し、何とか十五時半からなら可能という返事をもらった。

病院には約束時間の十五分前に着いた。担当の看護師さんが紹介され、準備でき次第オンライン面会を始めると告げられた。

「田辺さんはご病気の関係で話される言葉が明確でありません。少し聞き取りづらいと思います」

看護師さんからそう聞いた時の私の感想は、「ああ、ある程度は話すことができるんだ」であった。指先を少ししか動かすことのできない田辺の姿が深く焼き付いている私にとっては、不自由であっても対話ができること自体が嬉しかった。

数分後、オンライン面会が始まった。田辺の顔が画面に映し出された。お父さんから事前に直近の写真を見せてもらっていたが、目の前の田辺は、髪の毛はかなりなくなり、以前とは印象が違っていた。しかし、まぎれもなく田辺であった。画面越しであっても田辺と対面できたことがとても嬉しかった。

「田辺さん、大学時代のご友人の倉貝さんがこられましたよ」

「田辺、わかるか倉貝だよ。三十九年ぶりかな」

「……わからん。誰だろう」

少し困惑気味の田辺の言葉は明瞭ではなかったが、聞きとれないことはなかった。

田辺は最初、ひと目では私のことがわからなかった。仕方がないと思う。最後に会ってから三十九年という長い年月が経過していた。このままずっとわかってもら

えなかったらどうしようと考えていたその時、

「……ああ、わかった。クラゲーだ」

田辺が思い出してくれた。そう、田辺からよくクラゲーと呼ばれていた。そのことを憶えていてくれたことが嬉しかった。

「そうですよ、倉貝さんですよ。田辺さん、よかったですね」

「おめえ（お前）今どこにおるんじゃ？」

「今、静岡県の浜松に住んでいるんだ」

田辺がようやく言葉を発する都度、口からよだれが垂れた。だが私は田辺がしゃべることができ、声を聞くことができるそのことがとても嬉しかった。

オンラインであっても、田辺と向き合って話をしているというその事実に私は舞い上がってしまった。思っていたことの半分も話すことができなかった。

「おめえ、仕事は何しとんじゃ？」

「卒業後、建設会社に勤めていたんだ。もう辞めて自由の身だ」

建設会社より後の化学会社の方に長く在籍したがその話はしなかった。

「青柳は元気にしとるか？」

お父さんの時と同様に、ここでも青柳の名前が出てきた。

「やつは不動産の仕事をしていて、今はK市で社長をしているよ。あいつが社長だよ」

「よくここがわかったな」

「実はここへ来る前、田辺の家に寄って来た。お父さんから病院のことを聞いた。お父さんはお元気だったよ」

時間が過ぎてゆく。思うように会話が進まないが、田辺の元気な姿を見るだけで私は満たされた。浜松から三時間もあればここに来ることができるのだから、また来たら良い。次は来年のまた五月か？　いや今年の冬でもいい。その時はもっと話そう。私はそう思っていた。

「倉貝さん、そろそろ……」

看護師さんから終了の合図が出された。時計を見ると五十分近い時間が過ぎていた。看護師さんが気遣って時間を延長してくれたのだと思う。その心遣いに深く感謝した。

「じゃあ田辺、今日はありがとう。元気そうで良かった。また来るよ」

「あああ……、また……」

田辺の言葉の後、オンライン面会は終わった。黒い無地画像に画面が切り替わった。


オンライン面会の後、看護師さんと少し話をした。

「田辺さんと面会できてよかったですね。でも少し驚かれましたか？」

「僕は、田辺が交通事故にあった直後の、指の先しか動かせなかった時の印象が強いので、少し不自由でも話ができることの方に驚きました。あいつは元々、運動能力も抜群でしたから、ここまで回復できたのだと思います」

「田辺さんは二年くらい前に脳梗塞で倒れ、この病院に入院されました。それまでは車いす生活でも割と活発に活動されていたみたいです。ただ、良くお酒を飲まれていたみたいで、そのことが病気につながったのかもしれません」

「田辺は、これから回復していく見込みはありますか？」

「はっきりと言えませんが難しいと思います。現状維持が精一杯で、だんだん悪くなっていくかもしれません」

回復が難しいということは、私も感じていた。ただ田辺の持ち前の体の強さ、かつての運動能力の高さから、そう急激に悪くなることもないだろうと思われた。

次回ここへ再訪するのを楽しみにして病院を出た。その時は本当に楽しみにしていた……。


夕方にはホテルに着いた。今日一日を振り返る。すべてが順調に進み、本当に恵まれた日であった。疲れはあったがとても心地よかった。

さて明日は何をしようかと考えた。お父さんのところに、面会ができたことのお礼を言いに行ってから、帰りにゆっくり姫路城でも見て、それから浜松へ帰ろうかと思っていた矢先、お父さんから電話があった。

「倉貝さん、一夫とは面会できましたか？」

「ありがとうございます。無事面会できました。田辺君はとても元気そうでした」

私は自分の正直な感想を伝えた。

思いがけなくお父さんと話すことができたことから、翌日の田辺家訪問はやめにして、大学時代の友人に会おうと思い立った。幸いなことに浜松のお土産は余分に準備していた。

持参した手帳から、まずゼミ同期の木ノ内のところに連絡をしてみた。木ノ内は大阪で税理士をしていた。ゼミ教授退官時の同窓会以来三十年くらい会っていないと思う。ただ、年賀状のやり取りは続けていた。三十年という長いブランクが少し不安な気持ちにさせたが、まず連絡してみることにした。

「木ノ内税理士事務所さんでしょうか。私、木ノ内税理士と学生時代の友人で倉貝と……」

「おお、倉貝やないか。どないしたん。今どこに……」

翌日午後、木ノ内の事務所を訪問した。一時間くらいで帰ろうと思っていたのだが、思いがけなく二時間ほど歓談した。お互いのこと、仲間の近況など話は尽きなかった。とても楽しいひと時であった。

とても満たされた気分のまま、浜松の自宅へ帰った。


六月一日、岡山、大阪での予定を終え浜松の自宅に帰ると、大泉から荷物が来ていた。毎年送ってくれる大泉の知人が作る茨城産メロンだった。すぐお礼の電話を入れたが、つながらなかった。その後雑務をしている時に大泉から着信があったことに気づいた。もうその時は夜十時半を過ぎていたので、電話は翌日にしようかと思いもしたが、この二日間のいわゆる「ツキ」を思うと、こういう日こそ友人に連絡するのが良いことだと思い電話した。

「大泉さん、毎回メロンありがとう。元気にしていますか?」

「倉貝さん、元気にしてますよ。倉貝さんはいかがお過ごしですか?」

「無事に過ごしてます。昨日、今日と岡山、大阪に行っていたところなんだ……。遅い時間に電話してすみません」

中身の非常に濃い二日間の最後は、大泉との会話で終わった。

＊

「ああ……あの電話、あれは岡山から帰った日だったのですね。よく憶えています」

大泉がそう言った。大泉がその時のことをよく憶えていてくれたことが嬉しかった。

第二章　二〇二二年七月　浜松

浜松に帰り数日してから、私は、田辺、田辺のお父さん、大阪の木ノ内にお礼のはがきを出した。

清々しい気分であった。特に田辺に会って話をしたことで、長年心の中で消化しきれなかったものがなくなったようにも感じていた。しかし、その清々しく平穏な思いは長くは続かなかった。


その報らせは、ある日突然来た。いや来ていたというところが正確である。三連休最後の七月十八日、月曜日だった。遅い朝食を済ませた後、ゆっくり新聞を読み終えてから携帯電話の着信を確認した。そこに一件、見知らぬ番号からの着信があった。最近知らない番号からの電話は、電話の切り替え勧誘などどうでも良い用件のものが多かったので、そのままスルーしてしまった。

一日はさんで二十日、朝の雑務を終えた後、電話着信の確認をしたところ、十八日と同じ番号から着信があった。これはもしかすると何か大事な連絡の可能性が高いと思い、電話しようとしたまさにその瞬間、その番号からメールでメッセージが届いた。田辺の妹からであった。

「田辺一夫の妹の小川と申します。先日は兄のところにお見舞いいただきありがとうございました。……十八日未明に突然亡くなりました。本日葬儀を行います……」

　私は冷静でいられなかった。落ち着いて読めば、亡くなったのは田辺本人であることは明白なのに、亡くなったのは田辺のお父さんと勘違いしてしまった。お父さんに五月訪問時のお礼のはがきを出していたので、気遣って連絡をくれたのだろうと……。田辺の死を認めたくない潜在的な気持ちがそう錯覚させたのかもしれない。

　しかし、何度かメールを読み返しているうち、田辺本人の死を報らせてきたものだということを認めざるを得なかった。

　私は田辺の妹に電話をした。

「倉貝と申します。メールをいただきました。突然のことで……」

　何をどう言えば良いか、頭の中が混乱した。

「先日は兄のところにお見舞いに来てくださりありがとうございました。父が、倉貝さんにお知らせするよう言っていたので連絡差し上げました」

田辺が十八日未明に病院にて亡くなったこと、本日葬儀を済ませる予定であること、その際はお気遣いのないように等を聞いた気がするが、思考がおぼつかない状態になっていたと思われ、ほとんど内容を憶えていない。

ただ、不思議と明確に憶えていることがある。途中で死因を聞きたいと思ったのだが、それを聞いてもこの事実が変わるわけではないと思い、あえて聞かなかったことである。後から思い返すと、人の心理状態というのは、本当に不思議で複雑なものだという感じがしてならない。

妻には起こった事実だけを伝えた。

「この前お見舞いに行った岡山の友人が亡くなった。会った時は元気そうだったんだが……」

「ええ……そう……わかりました」

その日はほぼ自室に籠もり、いろいろなことに想いを馳せていた。私の気持ちを察してか、妻から声をかけてくることはなかった。

いろいろなことが頭の中をかけめぐった。特に三十九年ぶりに再会を果たすことができたのに、そしてとても元気そうだったのに、再会後わずか一ヶ月半で永遠の別れになってしまった点については、とても悲しく、悔しく、残念としか言いようがなかった。

何故こういう結果になってしまったんだろうか、とうらめしく思った。

気持ちが少し落ち着いたところで、岡山の青柳のところに連絡することにした。青柳が社長を務める会社に電話をしたが、運悪くその日は定休日だった。

翌日午前に再度連絡を入れたが、青柳は出張に出ていた。事務所の人に田辺の件を簡潔に話し、伝言をお願いした。

青柳からその日の午後四時頃に電話があった。

「倉貝、何年ぶりかのう。田辺の件、連絡ありがとう。ワシも若い頃は田辺のところにちょくちょく顔を出していたんだが、ここのところずっと行けてなかったんじゃ。気にはしていたんだが……」

三十九年ぶりに聞く青柳の声、話し方は以前と少しも変わっていなかった。容姿は年月で大きく変わることがよくあるが、声、話し方は変化が起きにくいのかもしれない。

折角なので田辺以外のことも少し話した。

「青柳、藤川も亡くなったのは知っているか」

私は愛媛県松山市の藤川と卒業後もずっと年賀状のやり取りをしていたが、二〇一六年末に藤川の奥さんから喪中はがきが届いた。その時は藤川の親御さんが亡くなられたとばかり思っていたが、藤川本人が亡くなったとわかった時は、本当に驚き強いショックを受けてしまった。その後の奥さんとの手紙のやりとりでわかったことだが、藤川は二十年以上の長きに亘り闘病生活を送っていた。同期生の結婚式で会った時には、すでに体は万全ではなかったのかもしれない。全然気づかなかった。

「俺達もそういう年代にはいったんだな」

「そうだな、お互い気を付けないと」

青柳は新幹線車内から電話をかけていた。急に電波の状態が悪くなった。

「……じゃ……また……」

電話は切れた。


日数の経過とともに田辺のことは意識から少しずつ遠ざかっていったが、それでも時折ふと思い出すことがあった。

五月のあの声に従って岡山に行ったことが本当に良かったのかどうか自問した。何も行動せず、田辺の死も知らずにいるのも良かろう。ただし他の仲間から田辺の死を聞かされ、それが二〇二二年七月だったということをもし知ってしまったら、私の苦悩は今の比ではないと思う。本当に立ち直れなかったと思う。あの声を二度も聞いていながら、たったの一日も友のために割《さ》けなかったのか、自分はそんな人間だったのかと思うことになっただろう。

田辺の死と向き合うという悲しい結果になったが、あの声に従ったという私の判断は、自分にとっては最善のことだったとようやく思えるようになってきた。

＊

「私も話していいですか」

大泉が続いて話した。

大泉も今年に入り幼馴染を亡くしていた。数ヶ月前から「最近姿を見かけないな」と感じていたが、ある日、何かいいようのない不安を感じ、自宅を訪ねたところ、その友人は少し前に亡くなっていたということであった。

「倉貝さんの言われる『声』というのはよくわかります。私の場合はいわゆる『虫の知らせ』というものだと思います」

「あの……私も」

松方も最近同様の体験をしていた。親しい間柄の叔父さんに何故か会わないといけないと感じ、急ぎ福岡に行ってきたのだが、元気そうだった叔父さんがその数日後急死されたとのこと。亡くなったこと自体はとても悲しかったが、最後にお会いできたことはとても良かったと話した。

「こういう体験は僕だけじゃなかったんだ。最初、岡山での話をする際、二人が異様な感じを持つんじゃないかと本当は少し心配していたんだ」

「虫の知らせのような、人の理解を超えたようなことは間違いなくあるんですよ」

「きっとそうですよ。多くの人は似たような体験があっても、人に話すのはためらっているのではないですか？」

二人が私の話に共感してくれたことを嬉しく思った。二人も同じような体験を最近していたことに何か安堵に近いものを感じた。

「実は岡山の件で、もう少し続きがあるんだ。話していい？」

私は昨年九月のことを話し始めた。

第三章　二〇二二年九月　岡山

田辺の死が、時間の流れの中で私の意識から遠のいていったのは、ごく自然なことであった。ただ時期的にお盆が近かったからか人の死を悼むドラマ、ドキュメンタリー番組が多くあり、時折、田辺のことを思い出すことがあった。

九月上旬の月曜日、外出時に「今日は田辺の四十九日かな」と街の中を歩きながらふと思った。

その瞬間、心の中が哀しみでざわついた。目的も、行き先も、出口も何もない迷路に迷い込んだような不思議な感覚だった。

このような感じをもったのは、田辺の訃報を聞いた時以外では初めてのことであった。

「もう一度岡山に行ってこよう。そして気持ちの整理をつけてこよう」

それが一番良いことであり、自分にとって必要なことだと確信した。

幸いコロナ禍は少しずつではあるが縮小の傾向にあった。しかし、いつまた感染の勢いが増すかわからないので、できるだけ早く行こうと決めた。

もしかしたら青柳も一緒に行ってくれるかもしれないと思い、青柳の休日と思われる水曜日を中心に計画を立て、メールを送った。

「大学同級の倉貝です。今月二十八日（水）に所用にて岡山に行くことを計画しております。二日間の予定です。その際、M町の田辺君の家にも寄りたいと思っております。青柳君も一緒にいかがですか。ご同行できるのであればご連絡下さい……」

私は、今回の岡山行きの目的は、田辺家訪問以外のことであるかのようにメールを打った。他に寄るところもあったが、あくまでも田辺家再訪が今回の主目的であった。

メールを打ちながらも「青柳は忙しいだろうし、一緒に行くのは難しいだろうな」とあまり期待はしていなかった。

しばらくして、青柳から返信があった。

「了解しました。なんとか都合つけるようにいたします」

一緒に行くという返答であった。

その後のメールのやり取りで、当日正午に岡山駅近くのホテルで待ち合わせすることになった。先日は電話で声を聞いたが、実際に青柳と会うのも三十九年ぶりである。私はネット上で最近の青柳の画像を見たが、やはり三十九年という時の流れを感じないわけにはいかなかった。

二十八日、当日となった。私は新大阪駅を出たところで「予定通り着くだろう」と青柳にメールした。「ホテルの前で待っている」青柳からすぐ返信があった。

岡山駅に時刻通りに到着し、駅近くの指定のホテルに向かった。ホテル入口のところに青柳の姿があった。体形は少々変わっていてもすぐにわかった。青柳もすぐに私に気付いた。

「やあ」私は右手を軽く上げ挨拶した。

「やあ、久しぶりじゃのう」

この互いの一言で三十九年間という時の壁があっという間になくなった気がした。まるでつい数日前にも会っていたかのような錯覚におちいった。

青柳が運転する車の中でいろいろなことを語り合った。田辺のM町での暮らしのこと、お互いのこれまでの三十九年間のこと、他の仲間達のことなど。海外赴任していた者、消息のわからない者、仕事をやめ学び直し医師になった者もいた。そして、亡くなった藤川のことも改めて語り合った。

多くの人から好かれていた三学年上の先輩が亡くなったことも聞いた。やはり寂しく悲しい気持ちになった。先輩の死については何も知らなかった。卒業後それほど積極的に仲間と交流してこなかったことが招いた結果だと私にはわかっていた。

青柳の話から推察すると、M町での田辺は、多少難題を持ち掛けてきたこともあったようで、仕事が忙しかった青柳にとっては負担に感じたところもあったようだった。そんな青柳と比べて、気にかけつつもこの三十九年間、田辺に対して何もしてこなかった自分を恥じた。

途中道に迷いつつも一時間くらい車を走らせ、M町に着いた。田辺の家に行く前に二人で昼食をとった。そこで私は青柳に聞いた。

「僕が何故、田辺のことでここまで拘っているのか不思議に思わないか？」

「……」

「声が聞こえたんだ、確かに、それも二日続けて。岡山に行って来い、という声が。岡山と聞いて真っ先に思い浮かんだのが田辺のことだった」

私は四回生の時に、後輩との問題のことで田辺に助けられたこと、五月末、三十九年ぶりに田辺を見舞いに行き、そこで元気な姿を見てきたこと、それだけに七月の田辺の死がかなりのショックだったことを伝えた。青柳は静かに私の話を聞いてくれていた。

田辺の家に行く途中の車内で青柳の葛藤も聞いた。仕事で多忙であっても、同じ県内に住んでいるので、何とか少しでも田辺をフォローしようとしていたこと。そして、身体面で問題のない自分が田辺の家を訪ね、田辺やその家族は複雑な思いも抱えているのではないかと考えていたことである。結局青柳は転勤などで名古屋、広島に移り住んだ。再び岡山に赴任となった時には田辺へのフォローをやめてしまった。そのことが青柳の心に沈んだ澱《おり》となって残っていたようである。

　私も青柳の気持ちはよくわかった。M町に隣接するS市に仕事で二度行ったが、働き盛りのスーツ姿で現われる友人を、田辺やその家族はどう感じるだろうかと思うと、あと一歩が踏み出せなかった。そして何より、不自由さを抱えて生きている田辺の姿を直視する勇気が私にはなかった。


　田辺の家に着いた。青柳は田辺の暮らしていた小さな家を指差し言った。

「ここはワシが担当して建てたんじゃ。その頃はこの家のこともあり、ちょくちょく来ていたんだが……」

「そうか、田辺は喜んだやろ」

　私は、青柳が田辺にしてあげたことを聞き嬉しく思った。

　二人で田辺の実家に入りインターホンを押した。田辺のお父さんには今日の訪問のことは事前に伝えていなかった。ご高齢なこともあり、もし不在だったらメモとお土産だけ残して帰ろうと二人で事前に決めていた。

「どうぞ」と応答があった。

奥から田辺のお父さんが出てきた。九十六歳とは思えぬ足取りで、服装も前回同様きちんとしていた。

「こんにちは」と私。

「お父さん、ご無沙汰して大変申し訳ありません。青柳です。憶えていますか。今日は一夫君のことを聞き、参りました」

「よく来て下さった。一夫が亡くなる少し前に、浜松から友人が来てくれたことがあったが」

「それは私です。倉貝です。その節は大変ありがとうございました」

お父さんは、四ヶ月前に私が来たことを憶えてくれていた。

家の中に招かれ、青柳、私の順で線香に火を灯した。遺影を見た。見憶えのある写真だった。

「先日倉貝さんからいただいた写真を遺影にしました。ありがとうございました」

　お父さんは田辺の写真整理をしていた。女性と映っている写真を手にし、二人に問いかけてきた。

「この写真のことは何かわかりますか」

「ちょっとわかりません」

　青柳はわからなかったようだが、私はわかった。近くの女子大の学生数名と京都に行った時の写真だった。当然青柳もいた。彼も思い出したようだった。お父さんにそのことを伝えた。

「女の人との写真は他にあまりないのです」

　お父さんはポツリと言われた。

　田辺が財閥系の大手会社に就職予定であったことも聞いた。それが叶わなかったことを今でも残念に思っているようであった。

　病気であっても、体が不自由であっても、田辺が生きている時と亡くなった今では、悲しさ、寂しさは格段の違いとなっていることだろう。お父さんの深い悲しみが感じられ、胸がしめつけられた。

「この家も継いでくれる人が誰もいなくなったんですよ」

お父さんが言われた一言が妙に忘れられない。


小一時間程過ごした後、青柳と私は田辺の家を辞した。お父さんは私達の姿が見えなくなるまで玄関で見送ってくれた。

その後、岡山駅までの車内で青柳といろいろ話をした。岡山に住んでいる先輩の話を始めた時、青柳が言った。

「横田先輩にちょっと電話するわ。先輩もワシに田辺のことを知らせてくれたんじゃ」

横田先輩は、中国地方拠点の銀行で数年前まで役員をされていた。銀行勤め時代からの長年の習慣で地元紙の訃報欄を常に見ており、そこで田辺のことを知り青柳に連絡したみたいである。

「先輩から、田辺のところに一度一緒に行こうと誘われていたから、倉貝と今日行ってきたことをとりあえず報告しとくわ」

青柳は車内のハンズフリー電話で話し始め、今日のことを報告した。私も会話に加わった。

「おお……倉貝か。今回は田辺のこと本当にありがとう。青柳にもいち早く知らせてくれたみたいで感謝しとるよ」

前回先輩と話したのは、おそらく四十年以上前と思われたが、やさしい口調は以前と少しも変わっていなかった。昔から思いやりあふれるやさしい先輩だった。

時間が四十年以上前に遡ったようで、懐しさ、うれしさで胸が一杯になった。

その日の夜は、青柳が馴染みの店「コロちゃん」に連れていってくれた。肉、魚など、出される料理がすべておいしくとても良い店だった。

そこでは田辺のことについてだけではなく、互いの家族、仕事などについて多く語り合った。

青柳は数年前まで上場会社の役員をしていて、その後、今の会社の社長をしている。仕事上多くの大変な思いをしてきたことが、話の中から感じられた。

私は、建設会社に就職し、後に化学会社に転職した。いずれも上場会社だったが、化学会社は資本の関係で途中上場廃止となり、私自身も思い描いていたような道を歩めなかったこと、何か満たされない日々が続き、何とか生活だけはできる目途が立ったので早期退職したことを語った。

六十歳前から自由に好き勝手なことをしている私のことを、青柳は贅沢で羨ましいと言ったが、私は上場会社で役員まで務めた青柳のことをかなり羨しく、いや妬《ねた》ましくさえ思っていた。お互い大変な思いをしてきており、相手も相当な苦労、苦悩を抱えてきたことはわかっているのではあるが、やはり隣の芝生は良く見えてしまうものである。

青柳がスマホ内の写真を何枚か見せてくれた。学生時代はクールだった青柳が、孫の写真を自慢げに見せる姿を見て、さすがに年月の経過を感じた。

しかし、とても楽しいひとときだった。忘れられない一日となった。

浜松に戻り数日経った十月初旬に、田辺のお父さんからはがきが届いた。遠路訪問してくれたことへのお礼がしたためてあり、「青柳さんにもよろしく伝えて欲しい」と記されていた。

早速、青柳にそのことをメールにて報告した。その際、田辺のところへ一緒に行ってくれて本当に感謝していることも記した。

少し経ってから青柳から返信があった。

「こちらこそありがとう。田辺の件は、ずっとひっかかっていました。倉貝のおかげでひと段落しました。感謝です……」

私は思った。こちらこそ本当にありがとう。

終章　二〇二三年三月　再び神田

長い間会えなかった友が、再会後亡くなった、一般的にはよくある話かもしれない。しかし私にとっては、それだけでは済まないことになった。やはり三十九年という長いブランクを経てようやく再会した後、たった一ヶ月半で亡くなったということが私の心に大きな爪あとを残していった。

会社早期退職、そしてコロナ禍により友人との関わりを極力絞ってきた私であったが、そこから少しだけ歩みを進めたことにより、もう一度築けた関係にとても勇気付けられている自分が今ここにいることがわかる。

あの声は一体何だったんだろうか。今も不思議でならない。これからもわからないだろう。それで良いと思う。

しかし、あの声に従って行動したことは、一生忘れることはない。それは間違いない。

店での会合も終わりの時間が近づいてきた。この一連の話を真摯に聞いてくれた大泉と松方にお礼の気持ちを込めて言った。

「今日はこのことを二人に話すことができて、とても良かった。ありがとう」

店を出て雨の中三人で神田駅に向かった。ＪＲの改札のところで大泉が言った。

「私は地下鉄で帰るのでここで……」

「じゃあ、必ず……また」と言って別れた。松方とＪＲ駅構内に入り、山手線のホームに向かっている時、ふと何かを感じ後ろを振り返った。大泉がずっとその場に立ち止まり私を見送ってくれていた。すぐさま私は彼のところに駆け戻り、固い握手を交わした。大泉の心遣いがとても嬉しかった。熱い思いがあふれた。ほんの小さなことでも、直接交わる人と人とのやり取りが嬉しく、私の心は満たされた。

ホテルへの帰り道、私は半年以上自分の心のなかに抱え込んでいた重い蓋をようやく開け放てたことを悟った。嬉しいような、大事なものを失くしたような、言葉では表現できない複雑な感情が私の心を占めた。

雨はまだ降り続いていたが、不思議と心地よさも感じた。

途中、雨の中咲いている桜を目にした。じっくりと桜を見るのはいつ以来だろうかと思ってみたが思い出せなかった。

それは、遠い昔のことのような気がした。


（終）

あとがき

本作は、二〇二二年五月〜二〇二三年三月の間に、私が実際に体験したことを基に創作したものです。

今でも不思議な体験だったと思います。その時は本当にすぐ行動すべきだという気持ちになりました。普段、優柔不断な私としては珍しいことでした。もしその時、少しでも躊躇していたら、友人との三十九年ぶりの再会は実現しませんでした。こういう計算は適切ではないかもしれませんが、友人との空白期間が三十八年と七ヶ月（四百六十三ヶ月）、再会を果たしてから亡くなるまでが一月半。単純に割ると三百分の一くらいになります。私達の知見では理解できない何らかの力が働き、なんとかギリギリのところで再会ができたものと考えております。

本文にも書きましたが、せっかく「声」を聞いたのに行動を起こさず、再会できないまま友人が間もなく亡くなり、そして後になってそのことを知ってしまったら……、本当に後悔してもしきれなかったと思います。自分を深く責めることになっていたかもしれません。

本作を書くきっかけになったのは、二〇二三年三月、東京神田にて、かつての仕事仲間と飲食している際、たまたま岡山の話が出たことで、この一連の話をしてみたところ二人ともに真摯に聞いてくれて、また彼らも似たような体験を話してくれたことにあります。

その後、二〇二三年五月になり、何故かこのことを書き残しておきたいという思いに急にかられ、数日で書き上げました。

こうして、出版する機会を与えられたことも含め、この一連の出来事は本当に一生忘れることのできない、心に深く刻まれた貴重な体験となりました。

著者プロフィール
熊谷 雄二（くまがい ゆうじ）
1962年３月長野県生まれ、愛知県豊橋市出身。静岡県浜松市在住。
関西学院大学経済学部卒業後、プラント建設、化学会社に勤務した。

あの日、確かに声を聞いた

2024年１月15日　初版第１刷発行

著　者　熊谷 雄二
発行者　瓜谷 綱延
発行所　株式会社文芸社
〒160-0022　東京都新宿区新宿１－10－１
電話　03-5369-3060（代表）
03-5369-2299（販売）

印刷所　図書印刷株式会社

ISBN978-4-286-24833-2